AF326233

OBJETS D'ART

ET

D'AMEUBLEMENT

SIÈGES EN BOIS DORÉ

Des styles Louis XV et Louis XVI

TAPISSERIES

IMPRIME PAR ART

CATALOGUE

DES

OBJETS D'ART

ET D'AMEUBLEMENT

PORCELAINES ET FAIENCES

OBJETS VARIÉS, TABLEAUX, SCULPTURES

BRONZES, BILLARD

SIÈGES EN BOIS DORÉ

DES STYLES LOUIS XV ET LOUIS XVI

Étoffes

TAPISSERIES

DONT LA VENTE AURA LIEU

HOTEL DROUOT, SALLE N° 6

LE SAMEDI 24 MAI 1902

à deux heures

COMMISSAIRE-PRISEUR	EXPERTS
Mᵉ P. CHEVALLIER	MM. MANNHEIM
10, rue Grange-Batelière	7, rue Saint-Georges

EXPOSITION PUBLIQUE

Le Vendredi 23 Mai 1902, de 1 heure 1/2 à 5 heures 1/2

CONDITIONS DE LA VENTE

Elle sera faite au comptant.

Les acquéreurs paieront *dix pour cent* en sus des adjudications.

L'exposition mettant le public à même de se rendre compte de l'état et de la nature des objets, il ne sera admis aucune réclamation une fois l'adjudication prononcée.

Paris. — Imp. de l'Art, E. Moreau et Cie, 41, rue de la Victoire.

DÉSIGNATION

PORCELAINES ET FAIENCES

1 — Douze assiettes, fleurs; marli gaufré à van-
nerie. Berlin.

2 — Trois assiettes, fleurs; bordure ajourée.
Berlin.

3 — Trois assiettes, fleurs; marli, hachures dorées.

4 — Deux compotiers carrés, fleurs et filets bleus.
Ancienne porcelaine de Sèvres, pâte tendre.

5 — Deux compotiers, forme losange, fleurs et filets
bleus. Ancienne porcelaine tendre de Sèvres.

6 — Petit lustre, à six lumières, en porcelaine
d'Allemagne, à figurines d'amours et fleurs.

7 — Glace dans un cadre de même porcelaine,
orné d'amours, oiseaux, médaillon, buste de
femme.

8 — Haut-relief : le Christ crucifié entre les deux larrons. Faïence italienne.

9 — Deux bustes, plus grands de nature, bacchant et bacchante, de style antique. Manière des Robbia.

10 — Potiche avec couvercle, décor de branches fleuries en bleu, rouge et or, avec zone quadrillée bleu à l'épaulement. Ancienne porcelaine du Japon.

11 — Paire de potiches, avec couvercles, à décor de feuillages dorés sur fond gris-verdâtre ; couvercles à bordures dorées, ornées de rinceaux fleuris. Porcelaine de Chine.

12 — Deux vases, décorés de vases et ustensiles en relief. Ancienne porcelaine de Chine ; famille rose.

13 — Paire de lampes, formées chacune d'un vase, en porcelaine émaillée bleu. Monture en bronze, à anses têtes de boucs.

14 — Petit groupe de trois enfants buvant et placés auprès d'une treille, socle à mascarons. Ancienne faïence blanche.

15 — Médaillon ovale, corbeille de fleurs. Porcelaine dure. Empire.

16 — Paire de petits vases à anses et sur piédouches : médaillons d'oiseaux sur fond bleu. Porcelaine tendre.

17 — Tasse-mignonnette, à décor de bandes ondulées, réservées en blanc et or sur fond bleu. Ancienne porcelaine tendre de Sèvres.

18 — Deux porte-huiliers : réserves de fleurs, fond bleu caillouté or. Ancienne porcelaine tendre de Sèvres ; avec burettes en cristal doré.

19 — Cabaret en ancienne porcelaine de Saxe, à décor de sujets galants : deux théières, pot à lait, sucrier, flacon à thé avec couvercles, bol, deux tasses avec soucoupes.

20 — Deux pots à lait variés, fleurs et guirlandes. Saxe.

21 — Corbeille, avec couvercle ajouré, en ancienne porcelaine de Niederviller, ornée de médaillons à paysages.

22 — Potiche à pans, avec couvercle, décor bleu ; parties laquées. Japon.

23 — Petit support semi-circulaire en porcelaine de Chine, émaillée violet-aubergine.

24 — Paire de vases-rouleaux présentant les figures des Immortels, des rinceaux en rouge de fer et des ustensiles. Chine.

25 — Paire de chimères assises en ancien céladon vert de la Chine.

26 — Jardinière ronde en céladon gris-craquelé de la Chine, décor de fleurs et fruits en couleurs.

27 — Garniture de cinq pièces : trois potiches avec couvercles et deux cornets en ancienne porcelaine de Chine, décor bleu à compartiments de rochers et branches fleuries, séparés par des bandes carrelées.

Hauteur des cornets, 39 cent.

28 — Paire de potiches, avec couvercles, en ancienne porcelaine du Japon, décor bleu, rouge et or, rochers, fleurs, oiseaux et médaillons.

OBJETS VARIÉS, TABLEAUX

29-30 — Neuf cadres variés.

31 — Étui en jaspe sanguin, monté or.

32 — Breloque-cassolette, montée or.

33 — Grand cornet quadrilatéral en ancien émail cloisonné de la Chine, motifs irréguliers sur fond bleu; socle en bois.

Hauteur, 83 cent.

34 — Support-applique en bois doré, à mascaron et rinceaux. Époque Louis XIV.

35 — Petite vitrine-reliquaire en bois doré et velours. XVIIIe siècle.

36 — Tenture en ancien cuir de Cordoue, fleurs et rinceaux sur fond bleu-clair.

37 — Éventail décoré au vernis : personnages dans la campagne. XVIIIe siècle.

38 — Poignard, à manche d'ivoire sculpté. Indo-Chine.

2

39 — Niche à chien en bois doré, couverte de satin
rayé.

40 — Tableau en verre dit églomisé : la Cruci-
fixion. xvIIIe siècle. Encadré.

41 — Huit petites appliques japonaises, Menouki,
en cuivre.

42 — Bénitier en cuivre doré, orné d'un bas-relief
en argent : l'Assomption, et avec récipient également en argent. xvIIIe siècle.

43 — Pièce de monnaie d'or, à l'effigie de Louis XIII.

44 — Étui en corne : cavaliers. xvIIIe siècle.

45-46 — Cinq étuis variés, décor au vernis :
oiseaux, personnages, genre Teniers, amours,
médaillons.

47 — Demi-armure persane, composée d'une veste
de mailles et d'un casque, d'un brassard et
d'une rondache gravée, à figures et ornements.

48 — Poignard oriental à lame courte et fourreau
et poignée garnis de métal.

49 — Montre en or, enrichie de petits rubis, mou-
vement apparent, masqué en partie par un mé-

daillon émaillé : buste de femme, et des rinceaux enrichis également de rubis. Cadran signé : *L'Épine, her du Roy*, à Paris. Fin du règne de Louis XV.

50 — Collier-chaînette Louis XVI en or, orné de cinq petites gouaches : personnages dans la campagne.

51 — Lorgnette en cuivre, ornée de portraits de littérateurs. Commencement du xixe siècle.

52 — Œuf en émail translucide cloisonné : mascarons et fruits, fond bleu.

53 — Gouache : Paysage avec cours d'eau.

54 — Miniature ovale : Portrait d'un empereur d'Allemagne, uniforme blanc. xviiie siècle.

55 — Miniature rectangulaire Louis XVI : Portrait présumé de Washington, vêtu de noir. Encadrée.

56 — Miniature ronde : Fête dans la campagne. On y lit la signature : *Blarenberghe*.

57 — Miniature ovale : Siège d'une ville. Même signature. Encadrée.

58 — Deux miniatures rectangulaires, à sujets militaires. Encadrées.

59 — Deux miniatures grisailles : Jeux d'amours, Louis XVI. Dans un même cadre.

60 — Deux grands flacons en verre dans une monture en cuivre ajouré et gravé, à décor de rinceaux et armoiries. Style italien.

61 — Globe terrestre.

62 — Appareil d'éclairage de billard.

63 — Bas-relief, présentant des amours, en marbre rouge sur fond de marbre gris. Encadré. Travail italien.

64 — Deux bas-reliefs ovales en marbre blanc : Sujets mythologiques. Bordure de marbre bleu-turquin.

65 — Statuette en marbre blanc : Suzanne au bain. Signée : *Simonetta Sil*.

66 — BEUCHOT. Femme debout tenant une pique. Encadré.

67 — GREUZE (Genre de). Mort d'un guerrier. Toile. Encadrée.

68 — ECOLE FRANÇAISE. Le Triomphe de Bacchus.

69 — ECOLE FRANÇAISE. Portrait de femme vêtue de rose, tenant un loup. Pastel. Cadre en bois doré.

70 — ECOLE MODERNE. Fruits. Cadre en bois peint gris.

71 — Grand tableau peint sur soie, représentant un combat de la guerre sino-japonaise en 1894. Signé : *S. Tamura*. Cadre en bois peint et laqué or.

BRONZES, PENDULES

72 — Paire de flambeaux en bronze, à décor de feuilles et pendentifs, base à ressauts.

73 — Horloge de table hexagone en bronze, mascarons aux angles. XVIIe siècle.

74 — Garniture de cheminée en bronze doré et albâtre onyx : pendule ornée d'un groupe de bacchants et deux candélabres en forme de vases de style antique. *Maison Raingo*.

75 — Quatre bras-appliques, à cinq lumières, en bronze de chez *Barbedienne*, en deux modèles.

76 — Deux petits bras-appliques, de style Louis XVI, en bronze, à cinq lumières.

77 — Lustre en bronze doré, à vingt-quatre lumières, garni de cristaux : pyramides, pendeloques, fleurettes, modèle de Fontainebleau ; disposé pour l'électricité. *Maison Raingo*.

SIÈGES ET MEUBLES

78 — Petite commode Louis XV, à deux rangs de tiroirs, bois de violette, dessus de marbre ; garnitures de bronze.

79 — Bergère Louis XVI en bois sculpté, couverte en tapisserie au point, à fond rouge.

80 — Lit de repos, bois peint gris Louis XVI, couvert en velours d'Utrecht rayé.

81 — Commode à deux tiroirs en bois de placage, à quadrillés, signée : *Saulnier*. Epoque Louis XV. Elle est ornée de bronzes rapportés. Tablette de marbre brèche d'Alep.

82 — Dix-huit chaises de salle à manger en chêne
sculpté, à décor de feuillages, entrelacs et pal-
mettes, avec croisillons d'entre-jambes. Sièges
et dossiers cannés; coussins en velours rose
ciselé, à corbeilles de fleurs, lyres, médaillons.
Style Louis XVI.

83 — Grande console en chêne sculpté, à ceinture
ornée d'entrelacs et à six pieds reliés par des
guirlandes de laurier. Tablette de marbre
brèche violette. Style Louis XVI.

84 — Table de salle à manger assortie à la console.

85 — Deux buffets à hauteur d'appui, assortis aux
meubles précédents, à deux portes vitrées, avec
porte pleine intermédiaire. Dessus de marbre
brèche violette.

86 — Deux glaces biseautées, avec encadrements
de glace et monture en chêne.

87 — Chaise-longue, de style Louis XVI, en bois
laqué blanc, couverte en velours vert ciselé.

88 — Deux chaises, de style Louis XVI, en bois
laqué blanc; dossiers à colonnettes, sièges
cannés avec coussins de velours ciselé vert.

89 — Deux fauteuils en bois sculpté, à décor de rangs de piastres, couverts en soie, à petites rayures blanches et bleues et brochée à guirlandes de fleurs, draperies et rubans.

90-91 — Deux canapés en bois sculpté et doré, à feuillages, couverts, l'un en velours ciselé en couleurs sur fond blanc; l'autre en ancienne soie, à rayures roses et bleu-pâle, brochée à bouquets de fleurs.

92 — Chaise-longue en bois sculpté et doré, à motifs rocaille, de style Louis XV, couverte, et avec coussin, en velours ciselé et rayé à fleurs.

93 — Deux bergères en bois sculpté et doré, à motifs rocaille, couvertes en velours ciselé, à petites corbeilles de fruits semées en couleurs sur fond crème. Style Louis XV.

94 — Bergère en bois sculpté et doré, couverte en soie blanche brochée à fleurs, motifs rocaille et petits arbustes. Style Louis XV.

95 — Bergère en bois sculpté et doré, de style Louis XV, couverte en velours ciselé rose, à semis de fleurs réservées en blanc.

96 — Bergère en bois doré, de style Louis XVI, couverte de velours ciselé, à semis de fleurettes dans des médaillons sur fond blanc.

97 — Bergère en bois doré, de style Louis XVI, à décor de rangs de piastres, couverte de velours ciselé, à semis de fleurettes dans des médaillons sur fond blanc.

98 — Bergère en bois doré, de style Louis XVI, couverte de soie brochée à fleurs dans un quadrillé sur fond rose.

99 — Canapé et deux fauteuils en bois sculpté et doré, à fleurettes et rocailles, couverts en soie blanche brochée, à dessin de perdrix, de guirlandes de fleurs, roseaux et gerbes de blé. Style Louis XV.

100 — Deux tabourets en bois sculpté et doré, de style Louis XVI, couverts en tapisserie du temps de Louis XVI, à médaillons contenant chacun un amour sur fond rose, encadré de guirlandes de fleurs se détachant sur un fond blanc.

101 — Marquise en bois sculpté et doré, siège et

dossier cannés ; coussin en soie rayée blanc et
rose et brochée à fleurettes et guirlandes.
Style Louis XVI.

102 — Deux chaises en bois sculpté et doré, à
sièges et dossiers cannés ; coussins en soie
rayée rose et à fleurettes sur fond blanc. Style
Louis XVI.

103 — Deux chaises en bois sculpté et doré, à fleurettes et rocailles, couvertes en velours ciselé à fleurettes roses sur fond blanc. Style
Louis XV.

104 — Deux chaises en bois sculpté et doré à rocailles, à sièges et dossiers cannés ; coussins
assortis aux sièges précédents.

105 — Petit bureau à cylindre, avec six tiroirs
extérieurs, en marqueterie hollandaise : encadrements et médaillon contenant un mono-
gramme.

106 — Socle en bois sculpté et peint blanc, à pal-
mettes rocaille.

107 — Petite table-étagère en acajou, à deux ta-
blettes, ornées chacune d'une gravure anglaise.

108 — Cabinet-étagère, de forme contournée, en laque du Japon, à paysages, chrysanthèmes, dragons, etc., dorés sur fond aventuriné; panneaux des portes et des coulisses ornés de paysages laqués or.

109 — Grand canapé capitonné de velours rouge ciselé. *Maison Jansen.*

110 — Fauteuil analogue.

111 — Fauteuil garni de cuir marron.

112 — Billard de William Saint-Martin, avec accessoires.

113 — Table oblongue en bois doré, à décor de coquilles et quadrillés, pieds à mascarons reliés par un croisillon. Dessus de velours rouge.

114 — Table tric-trac en bois de violette, garnie de chutes en bronze à mascarons.

115 — Petit cabinet, à tiroirs, en bois sculpté, à décor de figurines, sur base à quatre pieds. Ancien travail italien.

116 — Cabinet à tiroirs, bois guilloché et partielle-

ment doré, sur base à pieds balustres. Ancien
travail portugais.

117 — Lit, armoire à glace, table de nuit, en bois
noir 'ncrusté d'ivoire, à sujets allégoriques et
rinceaux. Travail italien.

118 — Deux fauteuils italiens en bois noir, incrusté
d'ivoire, à rinceaux et figures.

119 — Deux supports-colonnettes torses en ser-
pentine.

120 — Bureau plat, bois noir, à tiroirs.

121 — Lit, armoire à glace et table de nuit, bois
noir.

122 — Ciel de lit doré, avec lambrequins en damas
rouge.

123 — Bibliothèque à deux corps.

124 — Fauteuil mécanique.

ÉTOFFES, TAPISSERIES

125 — Trois volants, en applications : fleurs et rinceaux.

Larg., 4 m. 50 cent. chacun.

126 — Panneau en brocart, du temps de Louis XV, fleurs, fond gris.

127 — Fragment d'ancien brocart, fond violet.

128 — Lé de lampas Louis XVI, attributs de l'amour, fond bleu.

129 — Petit panneau d'ancien brocart, à fleurs; fond or.

130 — Autre, fond bleu : rinceaux.

131 — Fragment de velours ciselé, à ramages verts sur fond jaune. XVIe siècle.

132 — Six pièces : galons de livrée armoriés.

133 — Deux petits panneaux, l'un en coton impri-

mé, l'autre en lampas à fond rouge. Travail
oriental.

134 — Tapis en satin rouge brodé, personnages et
oiseaux. Chine.

135 — Tapis japonais en soie rose, brodée à dessin d'oiseaux en relief, bordure de peluche
rouge.

136 — Dix coussins en ancienne tapisserie des
Flandres, animaux et fruits, fond noir.

137 — Fragment de tapisserie, de la fin du XVᵉ siècle, à trois personnages richement vêtus, avec
bordures.

Haut., 2 m. 90 cent.; larg., 1 m. 15 cent.

138 — Tapisserie, de l'époque Louis XIV, représentant une Renommée accompagnée d'un
amour et couronnant divers personnages placés
au pied d'un paysage accidenté.

Haut., 2 m. 22 cent; larg., 2 m. 05 cent.

139 — Tapisserie-verdure, avec oiseaux; large
bordure de fleurs dans le bas.

Haut. totale, 3 m. 15 cent; larg.; 1 m. 47 cent.

140 — Tapisserie des Flandres, rehaussée de parties tissées d'argent, représentant une souveraine recevant des présents et l'hommage de divers personnages. Composition de six personnages. Premières années du XVIIIe siècle.

Haut., 2 m. 30 cent.; larg., 2 m. 42 cent.

141 — Tapisserie représentant un cavalier vêtu à la romaine et un groupe de cinq personnages dans un paysage. Flandres, XVIIIe siècle.

Haut., 2 m. 41 cent.; larg., 2 m. 17 cent.

142 — Tapisserie-verdure, avec moulin et oiseaux. Bordure simulant un cadre. XVIIIe siècle.

Haut., 2 m. 90 cent.; larg., 3 m. 48 cent.

143 — Cinq petits panneaux de tapisserie-verdure, avec monuments et oiseaux. XVIIIe siècle.

Haut., 1 m. 93 cent.
Larg., 1 m. 18 cent.; 1 m. 15 cent.; 57 cent.
55 cent.; 54 cent.

144 — Trois lambrequins en tapisserie moderne d'Aubusson, à fleurs sur fond vert-clair.

RED. :

16

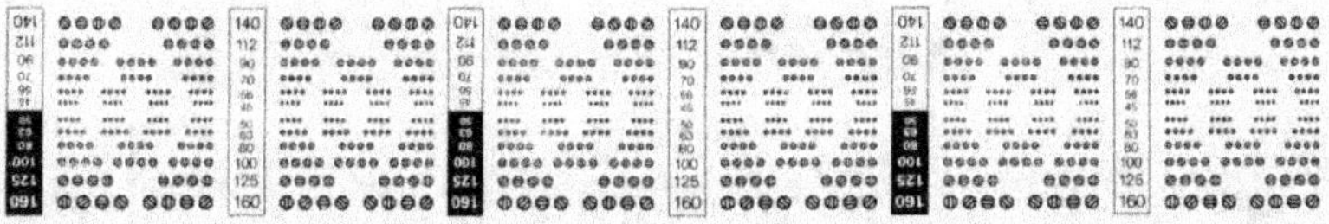

BIBLIOTHEQUE NATIONALE DE FRANCE

****

CHATEAU DE SABLE

1996